我比飞鸟更先抵达

吉布日洛 著

长江出版传媒

长江文艺出版社

吉布日洛

女，彝族，

1994年11月生，凉山州普格县螺髻山镇人。

目　录

土地上古老的节日

放牧的祝辞

山民

清晨起雾的海

时间之门

以爱之名

秋　色

秋一来

风就回到山野隐居

秋雨带来些许凉意

周围的事物也安静了

夏蝉的鸣叫犹如美妙的乐曲

放牧的老人坐在草地上

打着长长的盹

头顶的落日悄然将万物经过

天空之下的我和万物互为影子

我犹爱这秋色

爱这恰到好处的萧瑟中令人神往的静谧

我们穿过丛林

形态各异的叶子不经意间

就将我们的脚印覆盖

一场奔波，迎接我们的可能是一望无际的寂寥

这寂寥，随意将时间分割

时间，因此，具体而抽象

我想象着时间之外走来一个人

想象着月光是如何铺满天空和大地

大地上的果实

像一封封由自然投来的书信

讲述着这一年

日月精华、天地灵气

是何等慷慨地

将它们养育

大地上丰收的父老乡亲

疲惫地笑着

缓缓地走在回家的路上

我紧随其后

眼里闪耀着荣光

那时间之外的人

泪光闪动

把山花和旷野

见证

木头人的礼物

　　一只蚂蚁的自由是它能够选择是在地上打滚，还
是在树上唱歌。而信念会为它指出最好的路，让它不
至于因得与失而感到欣喜或悲伤。

——题记

我见过很多人
很多人爱而不得
只好不欢而散
因此我爱着，更加真诚

我见过很多人
很多人远走他乡
而后销声匿迹
因此我活着，更加谨慎

我听过很多人
很多人陷入平庸
接着危机四伏
因此我愿，为孤独加冕

我听过很多人

很多人尔虞我诈
从此万劫不复
因此我更加，信仰善良

我独自应对十一月的风与雪
不去在意还剩下多少善与恶
若这世界真的存在光
愿有天我的孤独都能变成糖
让那些在黑暗中走失的孩子
也能尝尝生活的甜

以爱之名

我感激他仅有一次的生命与我产生关联

也痛恨他一次次当着我的面吞下石头和毒药

在心中建城堡、筑高墙

他以爱之名

送我黄昏下的芦苇

和黑色的郁金香

却不忠诚于脚下的土地和萧瑟的四季

我看见一个神色忧郁的女孩

在如花似玉的年纪

坠入深渊

"嗯，那是清晨起雾的海"

而我是林中惊慌失措的鹿

谁都有可能成为我的猎人

（日月、粮食、贪欲，自以为是的信念，诸如此类）

我想和你谈谈远方，从树上的飞鸟开始

如果不够欢愉

就让我们在平静中提前结束这贫乏的一天

有人不间断撒谎

有人修补着城墙

我们依然把美好的寄托都献给明天

不幸的是明天也来之不易，许多人在今天就已经死去

世间的风云在女人成堆的地方被添油加醋

无数被仰望的女人跳上男人的舌尖

在这样的时空里我们重复着虚度

不妨给一只飞鸟写信吧

和它谈谈某个伟大的工程

比如——如何建造一个巢

星空万里还有许多你

大可不必教她去寻什么样的伴侣
山高水远自然会有最好的人等她
无须担心水深火热将怎样灼伤她
那泪滴会在岩石上开出圣洁的花

逆 行

别说远离尘世
我从来就不在尘世之中
秋冬属于我
而我属于孤独

别说远离忧伤
有什么值得我们忧伤呢
如果实在疲累，实在想哭
就去远行，去走南闯北
和新的陌生人擦肩而过

信仰的一切事物
总有一天会来到
比如和所爱的人
牵手走在沙滩上
成为天空与海洋的万分之一

给爱取一个忧伤的名字

最后一次为她下跪吧，为那个即将与世长辞的女人
在遥远的故乡她仍会给你无微不至的关怀和虔诚的爱
把你手里的花献给她吧，像初次见面时的清风徐来
在辽远的边疆和平静的湖面是相似的绝望
天黑的时候就唱歌吧，想起你来总有甜蜜的喜悦
忘了我吧，尽管我的祝福含着眼泪
继续走啊，像从未受伤一样无所畏惧

黑唇乌鸦

如果黑暗可以被拉扯，我希望它被拉成长长的丝
这样，我就可以趁着这个机会去成为有罪的人
谁会在意那么多呢，我会像赞赏荣誉一样赞赏我的罪名
一个人诞生就有一个人死去
把他们统统都取走吧，从我的身体里，骨头腐烂的某一处
如果有人曾感到痛是叠加的，滚烫的，甚至是湿润的，必
　定会理解我
让我纳闷的是，到底是谁复制了谁一生的苦难呢
那个苦命的女人卧病床前，想起这些年所受的屈辱
而那些心狠手辣的人呐，就坐在她周围
看她一点一点失去血色，让她变成泥土的一部分
可她再也不反抗啦，有什么用呢，她比谁都明白
受难者可以在任何地方触摸他们的苦难
包括一个孩子的眼神里

点线面

首先，你要大度
要容许一阵雷的胡闹
才能等来春雨的降临
雨后，走到旷野中
以一个常人的姿态倒立
眼睛与土地可以平行

一滴露珠和一只蜗牛保持着一株草的平衡
左端缓缓滴落，右端负重前行
除了遥遥相望二者互不干涉

天晴的时候，风尘仆仆回到城市中来
街道上没有硝烟也没有流离失所的人们
抖一抖脚上的泥土
在清晰的汽笛和鸟鸣中我们再次醒来
没有开头和结尾

一些黄昏我们点灯复活

南瓜硕大，豆子长势旺盛

厨房构造简单，南面的土墙我们将它推平

把火点燃，往锅里下水，熬一碗可口的汤

母亲和兄妹们上下忙活，配合得十分默契

面馆的老板娘顺着风向走来，围腰还未解

我在这个世界盲无目的地活了三十来年

好多事物的来由我自然也答不上来

最大的快乐无非是

白天以一个孩子的心态刨刨土

夜晚和村里的老人孩子席地而坐

偶尔把几只飞来的萤火虫抓在手里然后放掉

并告知自己

对于宇宙而言，我也是一只小小的萤火虫

尽管一些雷电在我的身体里活动

但

在一定的环境下我会发光

在一定的时间我会被毁灭

我的一天

清晨
风在翻阅我的诗篇
又悄然走进我的诗中

喜鹊在我的体内筑巢
它的影子早在我的血液里繁衍生息
我愉悦地走在购电的路上
想为自己储备一点点光

中午
忙碌的工作让我忘记清晨酝酿的诗
为了这张贪吃嘴和无底洞肚子
不得不卑微地活着，唉

傍晚
十月末的晚霞，笼罩着村庄
我想起这一天的虫鸣鸟叫，路上的行人
都如此丰富

风温柔地掠过炊烟
掀开夜晚的帷幕

万物皆是恩赐，我头顶的星辰

您此刻也在仰望吗？

四季的歌谣

交　易

鸟儿啊，给你我的粮食
樱桃、谷粒、雪、光芒和雨露
你到我的文字中来，多叫唤几声

春天，是你想起我的时候心情与玫瑰有关

春天，不一定非要是阳光正好的三月
当你干涸的灵魂需要一口山泉滋养
当你想要一块肥沃的土壤生根发芽
的时候
都可以是春天

春天，蜜蜂从远方带来风铃
我们在田里撒下种子就会收获粮食
立下的誓言都能实现

春天，是你想起我的时候
心情与玫瑰有关

定义春天

一场雨后，便是你归来的日子
让我为你种下十亩春天，一汪湖泊
孩子们发出的嬉笑声
让某树梨花，迫不及待地颤落它的白
不必感到愧疚，也不必说有多么想念

峰回路转
让我们在林中，听着翠绿的鸟鸣
开始我们的晚餐

初 春

我愿是三月里的一树桃花
或是一寸冬雪吐出的新芽
在微微高过你肩头的位置
尽情吐露我的芬芳
当你起身寻找动静的来处
我又藏在离你很远的地方

在春天祭你

千万条路在我眼前铺开
路上鲜花遍地
亲人
我在春天去祭拜你
在大地回暖的一月

曾经你卖掉你的房子
让人们烧掉你的躯体
如今你立在风中
是满坡的野草
亦是山间的小溪
亲人
我仍然热爱孤寂的生活
仍在歌唱热烈的灵魂
而你是其中跳跃的
不可或缺的基因

亲人
你在这座山坡上终于获得平静
登高望远
无声无息中与我同行

让千万条路汇聚成一条路

路上鲜花盛开

请在秋天到来前把我叫醒

我想给你一个秋天
以及秋天里一亩三分地的希望
你可以用你勤劳的双手
在这块地上
种下万马奔腾、星河灿烂
如果你不介意，请帮我在这块地上
立一块爱情的碑
周围嫩草茂盛，玫瑰在拔身上的刺
对世界充满好奇的孩子走到这里
会展开丰富的想象
即便从来没有人能完美地拥有它

诗歌里的秋天

九月
我的诗歌迎来了秋收
人们系上围裙
在田间、地头
陆续忙碌起来
他们头顶烈日
挥汗如雨
谷刺扎得人浑身难受
他们依然不亦乐乎地
分享丰收的喜悦

女主人做了米饭、腊肉和豆汤
让秋收的人们在野外
也能饱餐一顿

傍晚
男人们哼着歌谣
背着沉甸甸的粮食
来回走在回家的路上
彼此还不忘较量一番
女人们牵着孩子的手走在后面

嗬，这片土地上劳作的男人女人
身子都是那么硬朗
老天也格外偏爱他勤劳的劳作者
吹在额头上的微风便是他送来的关怀

这是多么丰衣足食的日子啊
家家户户
屋顶晒着千万粒金黄的谷粒
屋檐下有甩落的金灿灿的玉米

麻雀披上月光
在田间轻轻跳跃
拾掇遗落的谷粒
而田里的蛙声
让孩子们的童年
有迹可循

诗歌里
炊烟升起来
空气里弥漫着丰收的味道
香喷喷的，还有些烫嘴

在秋天长在树上，像一片红色枫叶

我没有见过大雁，没有翅膀
因此不知道在它奔波的过程中
每一片羽毛分别扫过什么结构的云
也不知道是什么使它垂下眼帘
也许是一滴雨飘落，刚好透过它的眉毛
我唯一不信的是，大雁南归只是因为北方的寒冷

我没有养过马
不曾把它牵引到河边饮水
因此不知道在沼泽处它为什么犹豫
更不知道它棕色的毛发
和主人关于丰收的梦是不是来源于同一个方向
饱满的麦子，被碾碎，像一颗颗黑色石头流出乳液来
我唯一不信的是，一匹马驮着黄昏下坡时，不曾向往过在
草原上驰骋

我没有远大的理想
也没有一个平方的空间让我踱步
可如果某天有人赞美我的劳动
我会买份报纸和一块热红薯
给街边那个瘸脚的乞丐

我还会利用一个女人的角色生一个孩子
在千千万万个女人的痛苦中去感受爱
在我最喜悦的时刻
我不知道我为什么要这么做
就像你站在树下和一片枫叶对视
对彼此都会红着眼这个举动只是感到惊奇

万物之秋

天空太空，所以蜘蛛为它结网
蝉不愿腐烂，所以抱着树死去
幼蛙在田野里练习本领
蜻蜓在雨后编织彩虹
小蛇将粮食运回仓库
以待冬眠，和雪的洗礼
稻谷歌唱秋天
大山的女儿迎来她的新婚
在这样的季节我们虔诚相待
所有的衷肠都会如愿以偿

岁月的镰刀将我们收割

她在入秋的前一天停止了呼吸
这时天气已经开始转凉
她终于摆脱人世间所有的苦难
放下怨恨，平息愤怒，收回笑容
安详地睡去了
从此不会再有丧父、丧夫、丧子之痛
从此不会再有疾病缠身抑或熙熙攘攘
村里鸡鸣连着狗叫
可能它们都有所感应

所有的亲人，哭完了就回家去吧
浓雾笼罩着金黄的稻田
岁月的镰刀将我们收割
秋天的田野上再没有颤巍巍的老人

我们都是雪精灵

两岁的儿子还在睡梦中
陪我长大的姐姐帮我给他暖床
我孑然一身到山里转转
不辜负这一场大雪
不辜负世间对我的爱

在下雪之日

捡柴的、牧羊的人
这天都在心安理得地睡懒觉
面对我的
只剩空山
空山面对的
也只有我和
结冰的、静止的河流
死去的亲人和邻居在这座山上住着
一别就是几十年

我要为你下场雪

我要为你下场雪
在千万场雪还未来临之前
这时你褐色的孤独
是候鸟在秋天遗落的记号

我不愿总是带给你坏的消息
不愿你看见我就泪目
一些已经死去的人常常出现在我的梦里
他们脸色发黄，让我恐慌
因此，我把最后一滴血献给土地
在我的脚下，很快又会长出新的玫瑰来
像往常一样，人们都忙着虚度年月
只有你穿着红红的衣裳走过断裂的城墙
只有你值得拥有许多许多的爱
只要你嫁的人不是我
无论你即将成为谁的新娘都不会让我感到难过

全是白的

雪落在我出生的小镇上
生长粮食的大地是雪白的
结了果落了叶的树是雪白的
空中低旋的喜鹊是轻盈的
我们围炉夜话
谈到雪是天空对大地的对白
是冬天给孩子们的一个交代
悄然间雪穿过我们的身体
从头上落到脚下
于是雪地上留下的深深脚印
是白的
我献给你的真诚和热爱
也是白的

土地上古老的节日

最好的日子

我有一个坐落田野的房子

和一个露天的院子

圈养着星空和月亮

阳光也不偏不倚地照耀着我

祖先的魂灵带着高山、泉水、青草最好的祝福

回到了家中

最好的日子就要来到了

在最好的日子

我们从先祖那里取来火种

把捡来的石头放入火堆

用磨好的刀具杀鸡宰羊

举起酒杯，祭天地和先祖

感谢他们给予我们生命和粮食

恳请他们来年依然庇佑我们幸福和安康

火塘里燃烧的松脂发出悦耳的声响

火舌拉得老长

告诉我：尊贵的客人即将来到

老人和孩子早早地穿上节日的盛装

在山野游荡

人们相视而笑

彼此致以节日的祝福

一切恩怨至此终结

尊贵的客人带着喜悦踏进门来
这一天，语言具有更加神圣的力量
大人和孩子都格外谨慎
以防冒犯火神和先祖
夜幕降临，漫山遍野的彝人点燃火把
穿过松林和溪水，回归土地
他们高举着火把祈祷：
烧死害虫和瘟疫
烧出丰收与安康

这一天
火塘里的松果不会燃尽
月亮像个煎蛋挂在天上
照着地上打呼噜的醉汉
尊贵的客人围坐在火塘边
我们通宵达旦，饮酒歌唱
一首童谣，把我带回很久以前

我们放声高歌，为我们长久的沉默

每当夜幕渐渐降临

火把在深邃的眼睛里燃烧

火把在坚硬的骨骼里燃烧

一群群牛羊在玉米地里发出哞叫

一片片荞麦在青山绿水旁欢快地舞蹈

每当农历六月二十四

太阳在黄色的油纸伞下融化

太阳在黑色的头颅上融化

一代又一代人在这里老去

一个民族在这里一天天深刻

在这里，在这一天，在每一天

白云有白云的洁白

泉水有泉水的清澈

我们杀鸡宰羊，载歌载舞

一代又一代人在这里老去

一个民族在这里一天天深刻

我们放声高歌，正如我们永远的沉默

我们放声高歌，为我们永远的沉默

火把节

火把节
是火的节日
也是火把的节日
是孩子的节日
也是老人的节日
是眼睛的节日
也是嘴巴的节日
是美和善的节日
也是太阳和月亮的节日
是夜晚和白昼的节日
也是山野和泉水的节日
黄的光亮
红的血液
黑的骨头
当七月的火
散满土地和田野
请穿上你的百褶裙
拨响你唇边的口弦
请为她打起油纸伞
让一些轻快的风
从你的天菩萨间吹过

请敞开家门

让祖先的魂灵和一些美好的祈愿

平安回到家来

彝历新年

秋收之后
大地上劳作的彝人
迎来了他们的新年

往日山坡上割蕨草的妇人
此刻又从柴垛中取来木头
刚换了新牙的孩子围坐在火塘边
感受山脉的温度

等她把肥大的年猪赶出猪栏
男人用烧红的石块辟邪除灾
整个村寨烟雾笼罩
家家户户肉香四溢

尽管我们分别数日
心中有千言万语
但此刻我们仍需静坐
把话语权交给男主人
他正念经敬奉祖先
然后，我们把该讲的都讲了
便从一团火焰谈到一棵树

谈到树上的松果，树下的溪流
和树干上跑着的长尾巴棕鼠

如果这时迷途中的马匹回来
我们会谈到那些金黄的粮食
如果这时天空中有雪花飘落
我们会谈到一个丰收的来年

如果这时刚好有一个姑娘新婚
我们会谈到某句灵验的谚语
如果这时不幸有一个老人过世
我们会谈到众生的来龙去脉

我们起源于哪里呢
注视万物，万物皆是我们
我们将去向何处
天地辽阔，四海为家

放牧的祝辞

放牧星星，或者成为被放牧的羊

那个在爱情中失意的男人用笔写下他的绝望与悲伤

在一个叫鹿鹿觉巴的山坡上把其他山脉翻越了千万遍

我不知道他爱上那个女人时她站在山坡的哪一角

也不知道那一天她骑着多少岁的马，唱着哪一年的山歌

更不知道他们是在哪个季节分别，抑或是冬天，雪花飘落

   的某个夜晚

我只知道，我爱上一个男人的诗，和一个不会写诗的男人

我爱上这一切时，心里正下着雪，清醒，洁白

放　牧

在这片土地上，我穷得没有一只羊羔
但这并不影响我成为一名合格的牧民
当邻居家的羊群冲出栅栏
我也推开家门，把夜晚的漆黑赶到山坡上
开始我一天的放牧
我放牧清风、流水、松针和野果
云雀在我的发间筑巢、繁衍生息
我用耳朵聆听素迪姑娘的窃窃私语
眉间任由蜜蜂嬉戏
当然，眼睛也不能让它歇着
眼睛见证一个人从中年到老年的光阴
鼻子感受四季的气息
嘴巴品尝青草、荞麦、山谷的蜂蜜
最后，我也成为自己放牧的一部分
太阳落山时我哼着歌，悠悠地把自己赶回家
我的亲人在家里等我开始晚餐
夜幕降临，我和星辰对话
交流一天的放牧心得

寡　妇

第二任丈夫病逝后
七十岁的老寡妇接过了牧羊棍
把羊群管教得和她一样温和
在她看来
在太阳底下坐着
光是看羊吃草
也能从中获得慰藉
独坐在这里打望

河流、村庄、公路尽收眼底
对庄稼也了如指掌
她眼里散发着光芒
仿佛这世间所有的苦
与她无关

除此之外
她还保存着山脉、河流、草地的密码
她知道哪一座山坡
长什么植物
抬头看看太阳
就能知道时钟已经转到几点

平日里，疾病、物质、欲望

这样那样的问题

总让我们深陷其中

这片土地上

那些没有痛苦的

歌唱的、欢笑着的人们

更加令人艳羡

她是其中一个

是温柔和坚韧的化身

村庄夏日

这是雨水充足的一年

雨水穿过万物

把粮食视作血管的农人

在细微之中湿润、松动

他们每撒下一粒种子

就有精挑细选的文字到我的诗歌中来

在同一场密雨里行走的友人

和我隔着山脉、小溪、流动的风

我步履轻盈

微风拂过道路两旁的嫩叶

路上走着一两个

誓死要去流浪的人

山中偶尔跑出几只崇尚理想主义的山羊

像极了唱着山歌的

我和我的朋友

女人的荒原

她的手

她用柔软的手
触碰溪流
溪流有了游鱼
划过天空
天空飞来云雀
耕种土地
土地长出粮食
抚摸羊背
羊毛变成衣裳

姑姑的雨

傍晚刮来一阵强劲的风
看似要将树连根拔起
山脚起了浓雾，遥看风雨欲来
我两岁的儿子在院子里叫着、跳着
"下雨啦，下雨啦"
明明没有下雨
姑姑一边应和着小外孙，一边收起碎花的衣裳

我尚短的人生，只在风中闻过花香和年少的荷尔蒙
在一字不识的姑姑的生活中
我第一次感受到风雨相互渗透
而雨又弥漫着浓郁烟火的气息
一场没有降临的雨，折射出不同的我们

浪漫而不自知的姑姑，和陌生的汉字对视
想象聪慧的自己和它们熟悉起来
以此拨开眼前的云雾

尽管一直以来，她过着诗意盎然的生活
她拥有一个宽敞的院子，院里种满瓜果
初夏有樱桃，秋来有柿子

屋后的菜地，养着肥胖的蚯蚓
冬天来临前她又种下蔬菜
并用结冰的泉水清洗泥土
她常在地里劳作和歇息，也青睐于麻将和美酒
样样精通，互不耽误

恍惚中风已过，她找来扫帚清扫飘落的叶子
想象着七老八十的兄妹，嘲笑彼此留守的门牙
鸟在枝头嬉戏
她深邃的眼眸露出平和而俏皮的笑

年岁至此，悲欢不过是雨后一场短暂的流感
她永远通透且豁达

女人的荒原

村庄

一年比一年美丽

青山绿水环绕

平凡的日子已苦尽甘来

稻田里的昆虫

在静静等待着夜幕降临

而我村庄里沉默而娇小的女人

却一天比一天苍老

一个接着一个

化为山坡上的炊烟

炊烟离开地面的时候，体态轻盈

像羽毛，终于脱离了僵硬的翅膀

屋舍、火塘、白猫皆在聆听

她来自病床的呻吟

目睹她如何在生老病死中挣扎

在她挣扎之前

牙齿已经落光了

牙齿掉落的时候

瓦片在掉落

雨滴也在掉落

而河流依然拍打着石头
从一个长夜穿到另一个更长的夜

想起她是如何
长成少女
脸上有了红晕
慢慢挺起胸脯
放牧她的羊群
再想起她嫁作人妻
初为人母
后来又为了家庭被柴火压弯了脊背
再也没有饱满的乳房
这短暂的一生竟在一声无力的"啊呀"中
悄悄地
变成荒原

给陌生女人的信

1

她脱离母体

披一身秀发

昼夜不歇，翻山越岭

只因成长是一场漫长的炼狱

她疼爱那瘦小的羔羊

也渴望拥有一双翅膀

而尽管天空足够宽阔

命运给她的礼物并没有因此多一些

2

她渐渐有了女性的体征

一张令人赏心悦目的脸

多少人见了她都难以将她忘记

偶尔她还是难免想哭鼻子

可母亲的怀里已抱着年幼的弟弟

3

在她二十岁如花娇艳的年纪

某个平常的秋天的清晨

一匹棕色的马驮着她

踏过昔日清清的河

远嫁他乡

成了某个陌生男人的新娘

而生命的轨迹也在此设限

4

没过几年她也有了自己的孩子

生活的烦恼越来越多

柴米油盐常使她眉头紧蹙

猪叫声、鸡叫声、孩子的哭声

常让她手足无措

而那个有着丈夫身份的男人

更像一块沉默的木头

从来没有减轻她的负担

5

她照旧看婆婆公公的脸面生活

婆婆是个极其严厉的人

总是责令她在鸡鸣前生火

夜幕降临时才准停下手中的活

炊烟即使飘到娘家的屋顶

可生我养我的母亲啊

想必也难以理解女儿所受的苦难罢

6

当她穿梭于田野

远远望去好似一道亮丽的风景

可大家都忙于生计

无暇赞美她，也无暇怜惜她

洁白的云朵下

她曾细腻的手掌已长满了茧子

哦，你这多灾多难的女人啊

那冲出栅栏的羔羊，田间飞舞的蜜蜂

都比你轻松愉悦

7

她总是偷偷躲在被窝里

哭泣

只有丰收的秋天和身后的大地能给她安慰

活蹦乱跳的孩子们啊

身为人母

怎能让你们看到我的脆弱

8

丈夫先她而去了

对于这个憨厚的男人，她多少也有点感情

可碍于颜面，她并没有哭泣

孩子们仿佛也成了长了翅膀的飞鸟

留她孤身一人，与村庄对话
白天，她打理稻田里的杂草
夜晚，她在月光下咀嚼落寞

9

她始终也没有战胜岁月无情
牙齿开始松动
眼耳失灵
伛偻着背
她终被生活击垮了
两米的病床成了她最后的一席之地
这一躺，又是一轮崭新的前世今生

10

甚至在她死后
无数个夜晚出现在我梦中
她依然面色凝重，脚步匆匆
裹着自己的苦衷
不愿与人亲近

而向来
女人的苦连女人也不能体会
身为人也难以理解人的苦楚

一个女人的葬礼

纪念一个在秋天死去的女人

这时，你应该走到了林中
坐在小溪边的石头上歇息
你棕红色的马匹在一旁饮水
哦，在傍晚出生的少女
你完成了此生最后一次丰收
再也不用借着一只蛐蛐的月光
种下豆子和南瓜
架在枯枝上的鸟巢是你的遗言

一个人的旅程
也不能因为沉醉于清脆的鸟鸣
打湿了妈妈为你缝制的百褶裙
轻轻地挽起你的裤脚
别让姐妹们的眼泪淹没了美丽的花纹

老墙上的爬山虎秋色尽染
小路旁的野喇叭花开得正艳
带着哭腔的人们仍然不愿离去
我第一次相信
在这样的季节死亡
也是一种治愈

当你走到祖先的门前

会有人为你献上

金色的秋天的火焰

作为少女的特殊礼遇

彝人的葬礼

她收拾好行囊

背上一点粮食，就上路了

松果在还原一场火

庄稼雨水充足

她好像没什么可交代的了

她这一生

安分守己、生儿育女

相夫教子、白首不渝

也算称职了

一条涨水的河流穿过这片村庄

夫家亲友、娘家兄妹带着哭腔一同前来

送她最后一程

她只安详地躺着

其他的，儿女和亲朋，自会安排

哭丧歌响起

一群传统的男人终于肯对着土地

承认一个女人的伟大

每个生命化成土，化成灰，化为星辰……

都该有一首属于自己的诗歌

我重新审视这个被人贴上标签的民族

它是多么敬畏生命啊

不论逝者生前是风光还是落魄

不论他是儿孙满堂还是孤苦伶仃

从亲友悼念到最后的火化

一场葬礼被安排得妥妥当当

逝者只管安心上路，顺利回到祖先的身旁

因此，我不担心

某一天，我突然逝去

会成为蝼蚁嘴里的晚餐

虽然能成为它们的晚餐也是一种荣幸

今日的晚霞格外美丽

飞机照常飞过这片土地

而地上的

人、鸟、蚂蚁一样渺小

并不影响他们飞向远方

在九月发生

我在黄昏的楼顶上站着
远处，太阳收起了它的余晖
一个年老的妇人在这一天
安详地睡去了
没有征兆、没有痛苦地
告别了这片生她养她的土地
像是鸟儿收拢了它的翅膀
太阳收回了它微弱的余晖
而这一切，都在九月自然而然地发生

我比飞鸟更先抵达

羊卓雍措（一）

羊卓雍措
独坐在你的湖边
我开始相信神的存在
你就是大地对众神的虔诚

我什么也不说
也相信你能听见我一路的跌宕之后
无声的心碎

我宁愿做你湖边的一颗石子
不要披着红头纱
在夜晚来临时黯然失色

或者当这个世界上最穷的牧民
在你失眠的时候
默默地替你数着小白羊

在一场又一场雪中我们完成各自的超度
于是途中的荒凉都有了意义
我知道夜晚终会来临
在你的怀抱中可以看到浩瀚星海

可我还是执意要离开
因为只有分别
才能让身后的千万里路
成为我们共同的记忆

羊卓雍措（二）

羊卓雍措

我想，与你有关的文字

都无须诗意地描述

我以为一场奔赴

就能让彼此更接近

却只看到

更加遥远的距离

你是我不得不醒来的一个梦

我也不过是你千万个无知的朝圣者中的

其中一个

羊卓雍措（三）

羊卓雍措

我轻轻呼唤你的时候

总能想到一个出生在雪域高原的

温柔的藏族女子

你是一颗被她打碎的蓝色翡翠

她脸上的高原红因此不言而喻

你是千万只为爱殉情的绵羊绝望的呐喊

是一个喇嘛闭目前

最后诵经的真言

是满山的玛尼堆里实现的其中一个祈愿

神给他在痛苦中挣扎的子民

开了药方

你这里是他们最后的终点

不要在微风中低下头去

所言皆有神来作证

纳木措

在纳木措
被神宠爱的孩子
站在星空下，嬉戏
他没有更美的愿望想要实现

在纳木措
我不得不怀疑
云朵产自湖泊
一颗石头就是一种命运
生活不过是众生的一个借口

大浪滚滚，问及人间理想
也莫名吹起我心头的风

圣象天门

管它雪不雪山
假不假象
既然是圣象天门
象是一定要在的
门是一定要有的
当然还有一片被上帝吻过的湖泊
清洗你历经尘世浑浊的眼睛

圣象天门没有锁
却把一些人，一辈子地
拒之门外

变 化

身体饥饿的时候
会有更多纯净的事物注入灵魂
比如牦牛、灵山、圣水
比如空旷的荒漠造就土拨鼠的天堂

晚霞虽美却稍纵即逝
不经意间身后只剩一片漆黑
上了年纪的人，竟然哭着要回家

万家灯火
无一处为我
我却不再害怕
这是不是我在无形之中
有了变化

抵 达

怀着一片赤诚奔向这里

远看神山

神山静止

近观圣湖

湖水清澈

未伸手采摘

却带走了云朵

未涉足湖中

却带走了水流

无人挽留我

我却把自己留在了那里

我比飞鸟更先抵达

有幸得到众神的庇护

这一次

我比飞鸟更先抵达

空阔的牧场

牦牛吃着秋天的草

土拨鼠守着它的窝

清泉流自天堂，我不饮

尘土扬自信徒，我不避

我走我的路

风起云涌

仍然沉默不语

误　解

看到云时

我觉得我之前的日子都误解了云

天空是盛产云朵的工厂

这里的云

和我们在大地上抬头看见的云不同

我们在大地上看见的，有白云，有乌云

而这里的，却是那么酥，那么软

羊儿啊，你别再四处寻找你丢失的羊毛

都在这里呢，被上帝看管得完完整整的

我甚至舍不得呼吸，怕一吹气它们就化了

我对许多事物有误解

包括人与人之间微妙的感情

当我三十几岁的时候

也会觉得我二十几岁的这次飞行

同样是一次误解

布达拉宫

一提到布达拉宫
就会想到众神端坐在宫殿里
检查我们的额头是否有光照过
心口是否合一
言行是否一致
众生从东南西北、上下左右观察它
给自己建造了一座新的布达拉宫

怀念西藏

夜，暗了下来
月亮和星星高高挂着
远处的山坡，一盏油灯
忽明忽暗中照亮返程的路
无须凄惨的夜莺鸣叫来应景
身后，已然是苍茫和漆黑一片
这样的时刻最是让人
孤独，我不禁想起我的母亲和我的孩子
这两个独立又统一的个体
让我感激又愧疚

风在经幡摇动中得以重生
石头仍在修行
虔诚的信徒正在路上
一只小狼溪边饮水
无欲无求的人进入梦乡
他梦见自己变成一颗缄默的石头
端坐在山坡上，小溪边……
上面画着通往天堂的梯子

修　行

飞行在云端
平日里具体的事物都变得抽象
总爱把有限的时间浪费在困惑和争执之上
显得多么愚蠢
置身于云上城堡，我什么也不关心
我想说的话已说完，我想做的事已做尽
曾让我绞尽脑汁仍然不解的
远去的亲人和朋友，已给了我回答
在这冰雪世界，每一朵洁白皆是他们

普吉岛的夜

人们的身影在这片多情的海上渐渐消失
海浪用力拍打海滩以诉说它新的疲惫
披着鬓发的母亲悉心照料她怀里的婴孩
那步入暮年的夫妻
享受阳光的同时也酷爱闪电
月亮高高挂在头顶
飞鸟在云层隐没
噢，它听见情人低语，乘舟而来
即将传到岛中央

在海口 （一）

首先，我们忘记生活的疼痛
其次，我们忽略尘世的纷扰
最后，我们躺下来
纯净得好像一片海

在海口（二）

在海口
我想做一匹马
一只温顺的山羊
或者湖里的游鱼
云朵下的飞鸟

在海口
春天最先抵达这里
雨露最先抵达这里

在海口
荒无人烟
却可以在山坡上练习自然滚落
远离尘嚣
却可以在旷野中享受岁月静美

人啊，回到你的村庄去
别再走到这里来
不要告诉世界这里还剩一个天堂
不要总是给自然带来危险的信号

在海口 （三）

风首先把你的思绪都吹乱

你尘世里带来的烦恼，请把它留在城里

半山腰成群的马匹，刚剪完羊毛的羊儿

会让你明白什么是与世无争

云朵懒洋洋地停在半坡上

天空与大地都触手可及

学一学羊叫

"咩咩"也挺让人兴奋

然后认真地吃草，真诚地热爱生活

而后，一簇又一簇的索玛盛开在你眼前

我承认，这里的花不是最艳的

这里的湖水不是最清澈的

但你来到这里，就会爱上这里的一切

会相信这里有一颗星星等着为你闪烁

因为你在人群里已疲惫太久太久

木里行

阳光很好

天也蓝得透亮

爬上坡顶

此刻头顶除了天空

再也没有什么了

长海子把自己舒展开来

你也把自己舒展开来

风是如此强劲

经幡祈福也更卖力了

我们摇摇晃晃地走着

风来，就拥抱风

风停，就坐下来

饮酒歌唱

人生的快乐

不就是如此吗

玛娜茶金

恰朗多吉神山白雪皑皑
在群山之间微微地探出身子
犹如一座佛塔
屹立在我心尖

而玛娜茶金
像极了一个羞涩的新娘
只留给我一个美丽的名字
就算风尘仆仆，我也会抵达那里
变成玛娜茶金晚霞的一部分

如果那时刺骨的寒风中有幼鹰翱翔
便会使我的孤独显得无关紧要

日出时佛光闪耀
云缓缓漫过山顶

如果心怀虔诚
每一次仰望
都将是一次祈福
都将照亮我们尘世的痛苦和幸福

山　民

一匹山的慢时光

从这里，通往城市的路开始下坡

当然，喧闹通往宁静就显得费劲

风一吹，坡上便有土壤松动

马吃了一天的草

羊仍然细嚼慢咽

落日刻意拖延

稻浪啊，你尽管四处倒吧

满坡的蕨基草，每一株都是出嫁女的秘密

且让我长年蹲守在彝人的屋后

用蕨基草火红的光烧一只年猪

来祭拜一场雪

当雪地上留着新鲜脚印的时候

那些早嫁的少女就回到了娘家

艾鹅安哈①

艾鹅安哈——静谧的小镇

你把大雪弥漫作为二月最纯净的礼物

送给你热爱冬季的孩子

原谅我在远离城市的地方

只能把满腔的情怀献给你

艾鹅安哈

为何你受伤的左眼

总是在山鹰划过天空的时候

低垂着，你一定有着不为人知的顾虑

否则，你那如山间沟壑的皱纹如何解释

今夜，我要你告诉我，老去的是你还是岁月

艾鹅安哈，你沉默了

你的沉默一如当年

当年，我在你的脚下

生——那时我有一双婴儿的眼睛

长——那时有人教会了我哭泣

我也必在你的怀里

---

① 艾鹅安哈，即螺髻山。

死——那时我蜷曲着我全部的灵魂

去——那时我教会所有人告别

艾鹅安哈

不要赶我走

让我再饮一滴二月的雪

像把血液渗入我灵魂一样

让我再复活一次

我要在雪山里打滚

在你的脊背上再度留下印痕

你体谅我也好，憎恨我也罢

我要看看淘气的我

是否用雪花的指纹压弯了你的脊背

艾鹅安哈

不要盼我归

让我在雪夜里结冰

把杜鹃种在我心里

让我再思念你一次

我要在这寒冷的夜晚

拿出离别前你送我的口弦

弹啊弹，把所有沉睡的天使从梦里唤醒

你会跟着它们一起醒来

艾鹅安哈

你还记得吗

分别是一个朝霞初露的早晨

和一个月明风清的夜晚

你听见我第一声啼哭

所有的星星都落了下来

当你开口说"孩子，我会代表这个世界爱你"的时候

我发出了第二声啼哭

在我的故乡

在我的故乡
一滴雨，一寸土，和一片雪花
都是人们心中的珍宝
庄稼在季节和肥料的共同孕育下生长
人们对待彼此真诚，彼此称兄道弟

在我的故乡
丰收时的第一口粮食
第一口美酒
都要用来祭奠祖先
祖先虽去，可灵魂永远保佑着他的子孙
保佑他们风调雨顺，五谷丰登

在我的故乡
云雾在下雨的早晨慢慢升起
雪花会在冬天如期而至
土地肥沃，野草丰美
羊儿温顺，骏马奔腾
一切都有它该有的样子

在我的故乡，寒冷的季节

总有饱经风霜的男人

掏出满口袋的火柴

换走我们攒下的头发

仿若那童话里的小女孩背井离乡

从遥远的村庄给我们送来爱和温暖

我忘了观察他的披毡有没有破洞

也不记得每次来的是不是同一个人

可以肯定的是

那些身上有羊毛味的人大多善良

不会抱走调皮的孩子

他一扯着喉咙喊："噢聂洋火把噢!"

孩子们便急忙跑出家门

恐怕稍微耽误一分钟他便像爆米花的魔法师一样消失不见

于是这变成了一场浪漫的交易

于是我们点燃火光

以使我们填饱肚子的同时精神食粮也能富足充裕

我可以这么跟你说

哪怕一束微光也能开启许多美好的日子

你别单纯地以为他离开时驮着的是沉重的包袱

尽管每一丝头发都附着生活的感悟

恰恰相反，他总是在回去的路上迈着轻盈的步伐

因为他收藏的不仅仅是几代人的青春

山谷记

把灵魂洗净，而后置于这幽幽的山谷
心境也一下子变得宽阔起来
那树梢叫个不停的夏蝉只有三天的生命
谁也不忍心计较

城市的窗
仿佛一个个无底洞
吞噬着人们的美好生活
只剩那浑浊的眼睛
在盲目地寻找它的归宿
而那些奇形怪状的城里人
建造的楼宇和发明的机械
并没有使他们轻松一些

和我们靠近的只有远处的村庄
微风，顽石，青苔和牧马归来的男人
在炊烟的引领下走进母亲的厨房
丰盛的晚餐即将开始

四周寂静而和谐
仿佛一切与我共生

啊，此刻我多想向空中的鸟儿借双翅膀

来完成一次美丽的飞翔

清晨起雾的海

男人的雨夜

电闪雷鸣的夜晚
喝醉的男人怀孕
我看见他挺着个大肚子
躲进荒无人烟的山洞里
思考如何将肚子里的怪物解决掉
他躲进山洞又跑到树下，电杆下
他想借助雷电摆脱灾难
最后他笨拙的身躯滑进泥淖
雨过天晴，彩虹桥的子宫里
我的诗歌开始分娩

誓　言

我是一盏被你吹灭的灯
思念消瘦成无际的黑夜
梦游的人走过下雪的冬季
听见我日复一日的祷告
牧羊姑娘双手合十
却编织了一场难产的失落
推开窗
片片雪花栖息在梨树的枝头
春天很快也要过去了
你说过　会爱我很久很久
因此我
满怀期待
你说过　会爱我很久很久
所以我
永远年轻

噢，姑娘

姑娘，是谁在你蓝色的眼眸里种下
一片海洋，清澈的水
姑娘，我不知该如何形容你
我想你必定来自遥远的山坡
和煦的微风，清新的绿
城市的喧嚣不适合你的生长

我亲爱的姑娘，不，我不能这么称呼你
姑娘，我不敢抬头看你，这会使我手忙脚乱，使我思想犯罪
你甜美的笑容，在我的心里翩翩起舞
多想拥抱你，像清风拥抱明月
姑娘
姑娘

光的使者

我知你是这世间最虔诚的信徒
如果你因暴雨而错过了夕阳
请不要为此沮丧
低头
看你的胸膛
新的太阳正在燃烧

影　子

你在这，被慷慨歌颂的人世间
痛苦地映射着我
一种不明所以的渊源
联系着我们
城市的钟声
和雨点
在夜晚，统统落在我们的心上
这场春雨过后
草木会在我的体内发芽
也会因此有一些山川、湖泊和
空旷的草原
成为我曾到过
或者将会到达的远方

而你仍然像谜一般
甜蜜并痛苦地
与我对峙
无论如何
也不肯把自己拨开
是呀，清晰有时便是屏障

在夜莺的歌声里我们互不干扰

黎明到来之前，我们各有各的云雾

人间百年

那些曾让人弥足深刻的
转眼已稍纵即逝
仿佛又过了一个一百年
我还是想说一句爱你
路还很长
你可别慌着哭出声来

时间之外

每一天都有人与这个世界告别
撂下一堆没干完的活
和一些还未相见的人
以疾病和意外作为借口
仿佛死亡是最神圣的使命
我们称之为死了

我们活着的人
在去追悼自己的路上
把日子分割
一些时日用来喝酒
一些时日用来发呆
偶尔还花点力气争吵
谈谈理想
如此珍贵

红衣女

荒漠起，僧人，攒动

高山上的雪，历经风餐露宿

正当我为此展开丰富的想象

人群中，突然不知从哪里走来一个红衣女子

我望着她那忽隐忽现的冷酷的侧脸

静默，那从不曾染上尘埃的眼眸

好像因为经历某些痛苦而泪光闪烁

我只能远远地站着，与她隔空相望

是啊，比起安稳，我更喜欢动荡

如果走在路上，我才不会因为一路的颠簸而喘息

为此，我的内心无时不受到谴责

叫我如何与她相认啊

在这苍茫的人间

平庸日子

就让我在平庸的日子里妥协吧
像普通人羞于制造伟大
日复一日过着乏味的生活

太阳升起之时请允许我堕落吧
许愿瓶沉入深海
花开了又枯萎
谁会较真呢

和远大的理想挥手道个别吧
那不过是年轻人玩的把戏
就让我们永不相见吧
像飘在两座山顶的雪花
在同一个冬天，各有各的宿命

让那些自以为是的青春都
滚蛋吧
请别问我面对星辰，为何眼神空洞
让我在平庸的日子里，就此死去吧

重症患者

孤独像是不治之症
谁死尸般躺在床上
理想在梦里彻夜飞行
我那自由主义者的友人死于禁牧场
只留下身后空旷一片
啊，我心底有千人集体呜咽
直到他们变成一群岩羊
在黑色的悬崖拼命攀援

世间万物是我的呈现方式

宇宙是我心的缩影

世间万物是我的呈现方式

投射出

狂妄的、谦卑的

野蛮的、文明的

凶狠的、脆弱的

虚荣的、真诚的

病态的、健康的

勤奋的、懒惰的

恶毒的、温柔的

贪婪的、节制的

死亡的、生长的

······

数不尽的我

我仰慕他人其实是在仰慕自己

我怜悯他人其实是在怜悯自己

我闭嘴就是说话

我离开就是归来

我跌进黑暗的泥泞，寻找光的勋章

羊 生

比起成为一只空中低旋的鹰

我更愿当一只温顺的绵羊

作为一只羊

不用思考天空和大地之间的距离

羊的祖祖辈辈看来，那都是亘古不变的

吃草和被吃也一样充满哲理

当山的那边溢出美丽的晚霞

我只管用我坚硬的羊蹄

缓缓回到圈中

如果夜色深下来

风声与我无关

这么说来

我要的是心安

而不是成为谁的期待

村　里

人与人互相熟悉和帮助
但这不影响他们各怀鬼胎
今天因为鸡毛
明天因为蒜皮
绝对的不公平
产生人与人之间的争执

总有那么一些时日
人与人难免相互记恨
立下誓言
即使地球爆炸
也不要握手言和
一场红白喜事
又把他们聚集在一起
他们谈到旧日情谊
谈到生离死别
谈到那羞于启齿的争执

这难得的默契
让他们在争执和解的往复中，学会退让

门前的电线杆

有时站着几只麻雀

有时变成天空和云朵的切割线

我每每抬头仰望

总要感激这动荡和安定之间的平衡

在我心中升起温热感

那个男人解救了他

当我初次听到"宝石"这个名字时
这个男人已中年接近老年

我想,他的父母肯定见过或者听过一颗宝石
更希望他像宝石一样闪闪发亮,光宗耀祖
而老实憨厚的宝石孤言寡语
他长年牵着两匹骡子
驮着沙子
和赶集的人们擦肩而过

闲言如此:
就在前两年
宝石的妻子
抛弃了他
和邻居男人跑了
宝石依然若无其事地
埋头走在路上

这下倒也轻松了
他常常为不懂得
如何去爱一个女人而苦恼

比起用粗糙的掌纹抚摸骡子

爱可就复杂多了

而他是宝石，不是为爱某个女人而生

儿时的玩伴

就那么几年
大家都默契地在彼此的生活中隐匿
有人生儿育女，幸福生活
有人刑满释放，重新做人
到最后，我们好像连经历过的童年
都不是同一个
我们只是在相同的时刻
灰头土脸地在太阳底下站着、笑着
风吹过我们
让我们的人生轨迹重叠又互不相干
一个妇人大声地呼唤她的孩子
声音穿透整个村庄
想起那时，同样被叫唤的我们
不知天日地穿梭在村子里

生活法则

一生烦琐，要练就许多本领
锻铁　淬火　发耀眼的光
去反哺

要把诚恳用在有趣的事情上
栽花　种草　结美丽果实
认真爱

牵马的人

窗外是阴雨连绵的天空
这无穷无尽的雨
是一个老妇吐向世间的
苦水
此刻，什么都在发生
地震、山火、战争和分离
我也装着我的心事
一个人究竟要在世间历经多少的波涛汹涌、河涨河退
才足够他活得通透啊

我牵着饥饿的马在雨中缓慢前行
泥泞中马的蹄印
将在来年春天长出新鲜的青草
喂养着我消瘦的马

此刻
我和天空产生一种共鸣
如果你有一匹马，就不必担心它会没有草吃

我曾在你的怀里，你曾给过我一个冬天

你曾给过我一个冬天
积雪已覆盖我的膝盖
我愿把我裸露的身子
埋入地里
心情如埋萝卜一样愉快
农作物在这场雪之前就已收割完毕
老人安详地坐在炉火旁取暖
一只黑色的蚂蚁成为鸟儿的猎物
一群男孩用稻米引诱着鸟儿
我要和雪花谈一场恋爱
还要赶在太阳出来之前
死在它的怀里

两棵树的距离

一棵树遇到另一棵树，才足以谈一生
恰好我愿做站立在你身旁的树
用平凡为你讲述古灵精怪的我

若你生活殷实
就把我种在门口肥沃的土壤里
若你处境贫寒
简单地为我选一块空地也将就

我会吮吸着空中飘落的雨滴
一寸一寸地长大
但长大不意味着衰老
我会如此重复几千年

春天为你绽放崭新的嫩叶
夏天为你遮住火辣的太阳
秋天为你结下丰硕的果实
冬天啊，你站在树下
回想自己这漫长的一生
你会如此重复几千年
当你再度凝视自己

就像一棵光秃秃的树枝

上帝作证，那时的我们是多么相像

一个女人的后半生

阿妈老了

眼睛也花了

穿针时，总要先挣扎半天再把针递给我，随口叨叨几句岁
　　月的残酷

我想，是不是人的躯体小得

可以从针眼穿过的时候

我们的一生就这么过去啦？

生命迹象

一些生命飘在空中
一些生命埋在土里
我们走在路上
踩着自己的尸体
我们感觉到疼痛的时候
习惯摸摸自己的头发
性格内向的女孩
忍不住惨叫了一声

另 类

世人的惆怅千丝万缕
而留给我的忧伤只剩一种
世人常在白天闭上眼睛
而我看到的屏障都是风景
我在自以为辽阔的天空翱翔
像一只残翅的鸟儿吊在电线杆上

平行世界

黄昏

夕阳成了白天和黑夜的分割线

悲伤的人在他的影子中咀嚼失落

热恋的人在对方的眼里闪着金光

农夫扛着锄头

他每天都赶着太阳回家

锄把已经生锈了，可年纪还没有反应过来

有时他和赶着羊群的牧人经过同一条河流

他们相视而笑，谈起山坡上的荞麦

白云帮他看住太阳

以防时光

抢先品尝妻子弄好的饭菜

我突然想起，多年以前的秋天

一个出世的孩子

和一个过世的男人

他们至今仍保持着同样的温柔

所以那些消失了的人啊

或许就在地球的另一边

晒着被我们晒旧了的太阳

收集被我们遗落了的光芒

转而又将它完完整整地送到我们手上

今夜，我住在你隔壁

今夜，我住在你隔壁
与你远远地相望
隔一堵厚厚的墙
其实我知道，你根本没在里面
屋里没有烟火，就不能称为家
一股发霉的味道扑鼻而来
角落里蜘蛛孤独地结着网
世间的愁与怨都从这网里掉落

不适合生存啦，于是你躲起来
但这座城市的夏天
依然要下雨，依然高温
飞机和乌鸦结伴而行
偶尔钻进沉重的云朵里，为路线争吵
谈得好倒也和气，否则
留给人们的就是黑色的葬歌
长舌妇依靠着八卦生活
她恨家里那个不成器的男人
可她从未下定决心要抛下他
还为他生下了一儿一女

种种迹象，无一不让我心生复仇的错觉
可是我忍住了，我要像你一样躲起来
像树上的蝉只一样
远离这尘世的喧嚣

在春天

提起笔来

就不要谈论城里有没有妖怪

写下一片海

海里的船只

船上的渔夫

渔夫手里的斗笠

斗笠顶上的夕阳

停在岸边

不要去否认说

那浪花不是一个孩子幻想的春天

你看呐

每有一片浪花击打一块沉默的石头

就有一个天使，穿着白色衣裳

走在岸上

在这片土地上我们早已失去自己的语言

现在，或者更古老的时代；故乡，或是更遥远的
地方。

——题记

妈妈，如果人们都忙着奔走
请让我成为村庄的最后一个留守儿童
妈妈，你要提醒他们备足干粮
也要告诫他们不要在天黑的时候出发
当城里的人们熟睡之后，孤独会涌上火车站
埋没他们单薄的身影
这时，故乡会偷偷地抹眼泪

妈妈，当我独自穿过山林
喜鹊和乌鸦同时掠过头顶
想起你说喜鹊的鸣叫代表天空将要放晴
而乌鸦是不祥的，孩子，你千万不要学乌鸦叫
可妈妈呀，我从来就不是一个循规蹈矩的孩子
我真害怕，我会忍不住叫出来

乌鸦只是比我们先预感到一些灾难
这么多个时代来我们都误解了它的本意

你看，它第一次飞得那么低，我也第一次战胜我的恐惧去
　　观察它
它乌黑的身体，不掺杂任何其他的
算了，我找不到更干净的词语赞美它
妈妈，它和那对被拆散的情人同样可怜
人们放狗追赶他们
也用语言诅咒他们
我多想他们再勇敢一次
可世俗的刀尖实在是太锋利了

妈妈，如果村里的人们都不愿再归来
就让我为他们守住
最后一片麦地
最后一片希望的田野
让我日日夜夜点灯，祈祷他们少受点苦难

噼里啪啦

一不小心过了一个噼里啪啦的上午
雨噼里啪啦地下
车噼里啪啦地开
心噼里啪啦地　不知何处去
我还顺便想起一个噼里啪啦的夜晚
噼里啪啦，噼里啪啦

像无数只带着情绪的小鬼
在一个夜里同时复活

给陌生男人的信

穿上皮靴
站着
抬起头来

朝敌人猛力开枪
但别惊动树梢的鸟

治　病

从上百堆检查报告中挑出一堆，一堆中的一张
从无数个千奇百怪的名字中找到自己熟悉的那个
领回家
给它换上漂亮衣裳
把其余的尚未叫唤的部分隐藏起来
让行人消失于街道
夜空留下一些潮湿的树影

放　生

让她娇小的身躯归隐于田野
闲时别再谈及她的劫难
扔给她锄头和镰刀
让她在一次次的耕种中
吐出新芽

愿　望

在哺乳前
他用他特有的婴语
哼哼唧唧地暗示我他的饥饿
同时张着他幼鸟的小嘴
四处找寻他的粮仓
他是我两周大的孩子
开始懂得在吃奶前凝视
这个给予他口粮的女人
也正是在他的眼神中
我第一次看到了大人与孩子的区别
有一天我将会告诉他
他是一只小小的飞鸟
扑打着上帝赐予的翅膀来到这个世界
而上帝希望他简单快乐
如若不能
愿他坚强勇敢

一个十七岁的南方人

鸟儿在数落睡不醒的人

往窗外一看，天已经亮了

早餐店刚出炉的包子冒着热气

一路上，人们精神抖擞

还有什么过不去的烦恼呢

失去的东西总有一天都会以另一种方式归来

不要对生活失去原有的激情

当你看到一切充满了生机

其实是你让自己有了生机

燕子在你面前消失又飞回南方，

你在意的不是飞回来的还是不是当年那只燕子

只是那天傍晚你在回家的路上，心情很美丽

刚好有一群燕子在你面前飞舞

点缀着你十七岁的梦

崭新的日子

有一天

我们结束了漫长的旅程

迎来崭新的自己

有如门口的老树在清晨吐出嫩芽

阳光透过密林

光芒笼罩着村庄

也慷慨地温暖着我

那些苦难的人们

也在从中获得些许慰藉

仅仅一个冬天

树叶就铺满了大地，使其免受寒冷的入侵

就一瞬间，我明白了风吹落叶的意义

道路上车来车往，田野上有鸭子戏水

我感到我被这个世界深深地爱着

同时我也饱含热泪地爱着他

时间之门

猫的家支

姐姐给她的猫

取名"吉布"

嗯，这只猫和我们是一个家支

我们这个家支啊

彝语叫"拉俄惹什"

翻译成汉语是"七匹狼"

如果她的猫结婚了

那我们都得赶礼

我还得千方百计地

把海来史鹏说服

给它当花童

姐姐的猫与我

姐姐执意要我去她家里住

说把没有猫毛的那间卧室给我

我考虑再三退掉了酒店

去见姐姐和她的猫

我从小对猫不来电

猫毛还有猫的呼吸声都令我烦躁

自上次沾了一身猫毛后

我就与姐姐和她的猫保持距离

今年我 28

对猫开始有所改观

它陪伴着姐姐

让姐姐不会因为一个人而感到孤独

怕影响姐姐休息

此刻我蹑手蹑脚地收拾着东西

像一只猫

而猫躺在姐姐的卧室前

眼神柔和地望着我

亲　人

姐姐是叔叔的女儿

她比我小 10 个月

但是扭转不过来的辈分

让我一辈子只能喊她姐姐

还好她长得比我高

懂得比我多

所以我也认了

我和她一起长大

我们同睡一张床

穿她的衣服

而今她在成都

我在普格

她还未嫁

我已人母

有着不同的生活

像活在两个世界

世界上每个人

都有不同的生活

像活在不同的星球

又息息相关

噢，姐姐

我的伞落在你家了
反正我来时两手空空
就把它送给你的猫
当玩具吧
你的亲人
就是我的亲人

青年节

晚点的列车上

虚弱的妇女

和她沉默不语的丈夫

麻木地望着窗外

和我同座的是一位中年男人和一名男学生

这两个有十几岁年龄差的男人

来自相同的故乡

彼此陌生的他们都是独生子女

有着相同的心酸

中年男人谈着让他棘手的婆媳关系

微妙的亲子关系

他们谈到：

同一个省

不同城市之间距离却那么远

远到他还没来得及好好孝敬他亲爱的父亲

父亲就再也享不到儿子的福了

他理了理哽咽的嗓音

把话题转向就业和房价

在青年节这天

我有些窘迫

无感于"青年"身份

耳机里循环播放着的是宋冬野的

《卡比巴拉的海》

前方姐姐的等候

让我觉得这座满是钢筋混泥土的城市也是亲切的

像看到山上的松果、野花一样亲切

当我写到这里

耳边传来歌词

"睡醒的人哭着想回家

可离家的人不会相信他"

我的列车即将到站

但愿他们疲倦的船回到家乡

门口守望着的依然是他们亲爱的船长

毛牛弯子

我常坐在门口的石头上
打望发生在这里的一切
眼前是穿梭的车流
人们争先恐后地脱下劳作的衣服
坐上列车
涌入陌生的工厂

身后是被火葬的亲人和邻居
他们拥有幽静的松林和辽阔的大地
足以让他们保持恰到好处的距离
但我不说那也是我的归宿
那是痛苦者的解放之路
让痛苦者先上吧

视野放远一些
夫妻在院子里吵闹、哭哭啼啼
小孩们沉默着
上帝创造人类，是为了没完没了
"啊！"
他们全部捂着耳朵尖叫
河里的鱼儿此刻正跳跃的欢

一些不正经的月份
一会儿让草地上长出草
还长在老人秃顶的头上
一会儿太阳又像个火球
炙烤着、燃烧着万物

人们大声吼叫着："泉水干涸啦草色枯萎了。"
小伙牵着他的马
朝牲口交易市场走去
自此再也没有回来
我还是坐在那块石头上
摩托、灰尘、树叶交相制造的风
吹拂着我少女的脸
是如此的柔软啊

有一天
你们还会以原住居民的身份
问起一个叫毛牛弯子的地方吗？

洗　礼

经历了一些世事
从肉体里跳出一个孤身行走的人
此行无缘于夕阳余晖
巴音布鲁克西边的雨点
拍打在脸上，筋络也由此一一打开
此刻你说我是一块久旱逢雨的土地
丝毫也不突兀
草原上我一边歌唱、一边流泪
双手合十，世事就开始在我身后倒退
内心升腾起的只有
草原、骏马、雪山、牛羊
跳民族舞的姑娘、意气风发的少年
热气腾腾的羊奶养育的乡音啊
有着千年不变的质朴
风雨中我向旷野更深中走去
我的肉体终于丢掉了卖身契
仿佛马卸下马鞍
奔跑在大地之上

时间之门

我看见她了

在梦里

她引诱着那个病重的女人

通往松林偏僻的小径

同时她也蛊惑着我

"我明明记得我们已分别数年

如今她又和我们一样活里活现"

梦魇中惊醒的妇人念念有辞

诅咒的语言中每一句都有她的名字

那女人站在门口，两手紧握着

始终不肯回应那只死亡之手

她频频望向丈夫和儿子所在的方向

潸然泪下

而右腿已轻轻迈入时间的永恒之门

甜蜜的等待

夕阳为大地镀上一层层金光

又一层层褪去

当这万米高空之上

只剩下云海

还未等我纵身一跃

黑夜或者暴雨就要来临了

我还不肯收回我的翅膀

还在等待星辰闪耀

星辰闪耀

照亮站在月光下的牧羊女

和她心爱的棱角分明的少年

统领者

雪山、云层、夕阳

此刻在我的脚下，我统领着它们

夕阳给我的告别甚是浪漫

我将灵魂安葬于这广阔的暮色之中

城市的街道灯火辉煌

我一边提笔写作，一边享受云端的晚餐

幸福总是那样短暂，那样地让我措手不及

我亲爱的朋友、亲人

待我安全降落

请允许我把这一切

——向你们诉说

追风的人

他带着 57 岁硬朗的身板

陪我去采风

身姿如少年般敏捷

他召唤着"日洛的灵感啊，你快来，你快来"

我也召唤着"灵感呀灵感，你快快附体"

我们就这样前进

遇到了牛羊、骑马追风的牧人

暴雨中的圣湖和迷失的黑狗

我们站在风口

如两座山一般屹立

我们所经过的一切

我们所向往的一切

就一帧帧地升腾起来

草原上的牧民

山坡上，尘土飞扬

哈萨克族男人牧马归来

巩乃斯河在他们深邃的眼眸中流淌着

那养育着世世代代的母亲河啊

如今滋润着这片土地上的万物

心爱的妻子已为他们点上炉火

稚嫩的孩子请求父亲将他抱上马背

一生太短

就让它

随着炊烟

一缕缕地飘散

天空之镜

真正的黑夜还未降临
向空乘人员借来的笔
还在描写这美妙的时刻
机翼闪闪发光
点缀着我刚享受的夕阳的盛宴
飞机上有人听音乐，有人正在梦中
殊不知窗外
已有一个美好的夜晚悄然降临

对　抗

失意回乡的少年

刚安葬完他放牧一生的父亲

低垂着脑袋朝毡房走去

云层涌动

生命与时间

无非是

石头与山脉的对抗

飞鸟与天空的对抗

游鱼与湖泊的对抗

只有乌鸦

披着一身的黑

预言着这轻得不能再轻的一切

致母亲

当我飞行于万米高空之上
母亲
我第一个想到的是你
想起你为人妻母
隐忍的一生
我渴望与你同行
把世间的烦恼抛给身后的夕阳
把一切苦难终止于此
我们谈论的只有
自由、云海、飞机餐
和让你感到稀奇的事物
你可以像我的小孩
叫喊着向我诉说
也可以毫不忌讳地哭出来
当夕阳为云层镀上金光的那一刻
我和你并坐着
不单单是一对母女

而你此刻在院子里忙活着
烧火、喂猪
利索地杀鸡，招待你远方来的亲戚

我此刻的欣喜与遗憾

你怎么会知道呢

比起挂念我

土地、天气、收成和你圈里的家禽

这捆绑了你一生的万物

更让你感到亲切

母亲

追落日

我一生都在追寻落日
那落日下有一条滚滚长河
在夏季途经你的家门
听说你棕红色的马
也曾在那里迷失
你和伙伴曾为这匹马的去向
在河面上争得面红耳赤
而又回到同一条归途
那归途炊烟袅袅
洁白的毡房中飘来你们钟爱的酒香

蚂蚁＝我

无感于俗世

心心念念的还是故乡

我把文字涂涂改改

却改不了我的身世

那由不得我做主

当我终于站在远方的山顶眺望故乡

地上的蚂蚁

就一只只地爬进我的心里

直到我历经的一切变成一块巨石

重重地将它们压在身下

彝人之火

毕摩挑选了一个吉祥的日子
让我们从先祖那里取来火种
举着火把聚到一块来

于是
我们从一座座高山出发
跨过溪流，翻过山坡
我们唱着响彻山谷的阿都高腔来了
我们伴着青春美丽的俊男靓女来了
我们带着风调雨顺的美好祝愿来了
我们牵着摇晃但却坚定的老人来了

您听
雄鸡、斗牛、斗羊来势汹汹
升华着主人的斗志
马背上年轻的赛手
每一步都粗犷有力

您看
纯银打制的胸牌与风轻语
诉说着一个银匠的智慧

服饰上的纹样
皆出自女人们的手

手握鸡大腿的孩童，活力十足
佩戴英雄结的少年，气度非凡
穿着盛装的少女啊，端庄高贵
目光深邃的老人啊，坚韧厚重

啊
熊熊燃烧的火把
你书写着彝人的生、彝人的死
记录着彝人的播种和收获
浇灌着彝人的躯体和血脉
见证着彝人的敬畏和感恩

啊
来自远古的声音仍在歌唱
生是一把火
死是一把火
每一个彝人都是一束火
每一颗星辰都是一束火

生生不息的火把
照亮我的祖先
又再一次照亮我、我的子孙

又再一次

一颗心想着另一颗心

一双眼望着另一双眼

一把火引燃另一把火

一代人照亮另一代人

图书在版编目（CIP）数据

我比飞鸟更先抵达 / 吉布日洛著.-- 武汉 ：长江
文艺出版社，2023.12
　ISBN 978-7-5702-3273-4

　Ⅰ．①我… Ⅱ．①吉… Ⅲ．①诗集－中国－当代
Ⅳ．①I227

　中国国家版本馆 CIP 数据核字（2023）第 139365 号

我比飞鸟更先抵达
WO BI FEI NIAO GENG XIAN DI DA

责任编辑：谈　骁　　　　　　　责任校对：毛季慧
封面设计：璞　闻　　　　　　　责任印制：邱　莉　　王光兴

出版：长江出版传媒　　长江文艺出版社
地址：武汉市雄楚大街 268 号　　　邮编：430070
发行：长江文艺出版社
http://www.cjlap.com
印刷：湖北恒泰印务有限公司

开本：880 毫米×1230 毫米　　1/32　　印张：5.875
版次：2023 年 12 月第 1 版　　　2023 年 12 月第 1 次印刷
行数：3460 行

定价：58.00 元